청어詩人選 249

내 삶의 결 무늬

김정우 시집

내 이름 지우는 날
내 몸속에 새겨진 결, 무늬의 발
그 자리에 남아 있을 삶의 흔적을 본다

청어

내 삶의 결 무늬

김정우 시집

내 이름 지우는 날
내 몸속에 새겨진 결, 무늬의 발
그 자리에 남아 있을 삶의 흔적을 본다

삶의 결 무늬

그동안 살아오면서 일상의 일기 속에 각인된 분신 같은 글들이 여기저기 흩어져 나뒹굴어 마음이 개운치 않았다. 그러던 차에 주변의 권유도 있고, 나의 자서전 같은 결, 무늬를 드러내어 남기고 싶은 절실함이 무르익어 맞아 떨어진 거다. 어언, 고희를 지나 삶에 대한 명제의 물음표에 무언가 흔적을 남기고 싶은 게다.

돌이켜 보면, 학창시절의 문학의 밤 같은 센티한 감정은 삶의 뒷전으로 밀려나 바쁘게 앞만 보고 달려왔지 않은가. 헌데, 늘 마음한 구석 채워지지 않는 허전한 심정은 지울 수 없다.

현직에서 은퇴한 후 마음속에 응어리진 문학에 대한 미련이 본능적으로 병으로 도져 마음가는대로 사유의 산물로 그동안 일기처럼 써 왔고 앞으로도 계속 이짓은 명(命)이 다하는 날까지 지속될 것이다.

시(詩)란 삶이 간결하게 압축되어 녹아 있는 고해의 향기라 생각된다. 그 생명은 격식보다 표현의 다양성, 사유에서 오는 오묘한 뜻, 절실한 감정의 표현에 있다고 본다. 읽고 난 뒤 느낌이 없는 글은 죽은 글이나 다름없다. 글을 머리와 가슴으로 읽고 무언가 찡한 느낌과 머릿속에 오래 남는 게 있으면 족하다.

그동안 일기처럼 쓴 많은 글 중에서 마음에 와 닿는 글을 선별하여 한 권의 책으로 엮어 출간하게 되니 감회가 새롭다. 앞으로 이을 계기로 계속 이어서 출간할 것을 다짐해 본다.

이 시집이 나오기까지 도움주신 모든 분들께 감사드리며 특히, 묵묵히 이면의 힘이 되어 준 아내에게 이 작품을 함께 반추하며 기쁨을 나누고 싶다.

2020년 초여름 어스름에 차 한 잔을 마시며

갈원 김정우 배상

차례

2부 / 뒷모습이 아름다운 당신

3부 / 잃어버린 우산

4부 / 밤톨 삼형제

1부

어머니

세상에 하나뿐인 것 있다면
어머니만 할까
세상이 내게 준 선물 있다면
어머니만 할까

비상

누에는 네 번 잠을 자고
다섯 번 허물을 벗고서야
날개를 달고 난다

잠을 잔다
선(禪) 잠
그리고
탈각(脫殼)

허물도 벗지 않고
날고자 하나
이 어리석은 사람

선(禪) 잠
패러다임 깨고
저 하늘
훨훨 날고 싶다

– 2006. 2. 27 비상의 꿈을 꾸다

빛과 그림자

당신이 날 아껴주는 한
난 당신을 늘 가슴에 품고 살겠습니다

당신이 날 소중히 여기는 한
난 당신을 내 몸 같이 보살펴 드리겠습니다

당신이 날 저버리지 않는 한
난 당신의 그늘 밑에 묻어 살겠습니다

당신이 좌절의 늪에 방황 하면
난 당신에게 한 아름 희망을 안겨 드리겠습니다

당신이 날 위해 잊고 살라 해도
난 당신 곁을 묵묵히 지켜드리겠습니다

당신이 평생 착각 속에 살더라도
난 당신을 밝혀주는 등불이 되겠습니다

- 2006. 2. 28 빛과 그림자 사이에서

눈 덮인 산촌

눈빛이 빛나고
가슴이 따뜻한 사람
그런 사람 그리운 날
임은 기별도 없이
간밤에 오셨네

반가운 까치소리
새 아침을 열면
임은 흔적도 남기지 않고
바람타고 이곳까지 오셨다

장작불 난로는 벌겋게 타고
난로 위 주전자에선
김이 모락모락 피어오르는데
삽살이*는 눈밭에서 뒹굴며 놀자하네

따끈한 차 한 잔이 생각난다
눈빛만 보아도 알 수 있고
가슴이 넉넉하고 푸근한 사람과
차 한 잔 나누며 눈꽃을 피운다
하얀 이 겨울이 사라질 때까지…

- 2006. 2. 28 설원에 그리움의 눈꽃을 피우다
*삽살이: 애견의 이름

우거지국 할머니

아가야
내 입맛엔
우거지국이 제격이란다
그게
가난이 내게 물려준
유산일망정…

아가야
시래기 무청을 버리지 말고
지푸라기로 엮어
양지 켠 처마 밑에
매달아 둬라

아가야
푸성귀 나오기 전
입맛 없을 때
우거지 된장국 끓여 먹으면
옛 맛이 절로 난단다

아가야
요즈음엔
이것이 건강식품이라니
세상은 오래 살고 볼 일이다

— 2006. 3. 16 시래기 된장국 입맛 돋는 날에

등 굽은 조선소나무

대들보 기둥은커녕
석가래로도 못쓸 신세
천상
땔감으로밖에 쓸 수 없네

아래 위를 훑어봐도
쓸모없는 몸뚱어리
열등감에 빠져
조상 탓 하늘을 원망하며 살았네

한으로 맺힌 응어리
지난 세월의 매듭마다
옹이 백이고 천방지축 꼬부라져
힘에 겨워 휘고 굽고 틀어졌다
누구도 흉내 낼 수 없는 모양새네

하늘은 너를 버리지 않았다

세상에 하나뿐인 너
이제 보니 천연기념물
명품으로 남아 천수를 누린다
대들보, 기둥 부러울 게 없도다

- 2006. 4. 6 어느 조선소나무의 명품을 보며

산(山)은 말한다

산은 말합니다
땀을 흘린 자만이 정상에 설 수 있다고

산은 말합니다
정상은 세상이 한눈에 들어오지만
때로 안개, 구름이 시야를 가리고
비, 바람이 강하다는 것을

산은 말합니다
높은 산은 깊은 계곡을 이루고
뻗은 줄기도 길다는 것을

산은 말합니다
가을산은 봄산처럼 뵈지 않고
겨울산은 여름산을 닮지 않는다는 것을

산이 늘 산처럼 버티고 있어
진정 내 마음의 산이 됩니다

– 2006. 3. 6 내 마음속의 산을 찾아가다

돌밭에서

강가에 널려 있는
크고 작은 돌멩이
뿌리도 다르고
제 멋대로 생긴 것이
같은 문양이라곤 하나도 없네

칼은 돌에 갈아 날을 세우고
돌은 물로 심신을 닦는다

별만큼 헤아리기 힘든 지난 세월
칼날과 창끝을 갈아
부드럽고 매끄러움 한껏 보듬는다

세상에 하나뿐인 돌이 되어
세상을 들여다 보니
평화가 가득 넘친다

– 2007년 아람문학 여름호 발표작

느낌

하얀 화선지에
색상과 명암을 넣고
꽃을 그렸지만
끝내
그 향기만은 그릴 수 없었다

날마다 상상 속에
그대 모습 그렸지만
결국
그대의 마음만은 그릴 수 없었다

행여
직접 설명해 주려 하였지만
말로서는 표현할 수 없어
그동안 쌓인 그리움만
가슴 며져 안타깝기만 하여라

하지만
어젯밤 불어온 바람은
느낌으로 통하고
눈빛으로 알 수 있어
그 바람을 다시 그려본다

- 2006. 9. 5 바람의 느낌을 그려보다

코스모스 1

파란 하늘가
숨겨둔 임을
그리다, 그리워하다
목 빠진 꽃
코스모스

여린 바람에도 하늘거린다

가냘픈 맵시
부드러운 미소
산뜻한 느낌

이 모두 주고 또 주어도
더 주고 싶은 꽃
가을 천사 코스모스라 하네

– 2006. 8. 29 우주와 교감하는 코스모스에게

가을의 상흔

가을이 한 발 다가와
내게 말한다
은행잎이 노랗게 물든다고
단풍잎이 붉게 타오른다고

가을이 보채듯 다가와
내게 말한다
허공을 가르며
잎의 떨 켜, 배돌아 떨어진다고

무심한 바람이 지나가며
내게 말한다
가는 사람 굳이 붙잡지 말라고

어느새, 마음의 낙엽이 하얗게 앙금진다

— 2006. 9. 26 깊어가는 가을 내 마음의 떨 켜를 안고

깃발

태양이 뜨던 날부터
바람이 흔들어 깨운다
가슴 섞고 운김으로 감싸
시간 꿰어 빛으로 엮어낸다
잘 보이고 널리 알리기 위해
더 높은 곳에 올라 펄럭인다

바람이 자거나 일거나
탓하지 않고
스스로의 가슴을 열어
한 뜻 혼을 불태운다

태양이 앉는 바람의 언덕에
그리운 얼굴 하늘거린다
가슴 며지듯 토해낸 언어, 몸짓
저 높은 곳을 향한 사랑이어라

그대 모습 환상처럼 피어나
태양은 어제처럼 앉고 바람 일어
믿음 하나 더 높은 곳에서
혼불처럼 나부낀다

– 2007. 3. 16 가슴 열어 흔드는 깃발에게

삶의 사색

하늘 아래 땅 위에서
너와 내가 더불어 살며
존재의 의미를 알고
무엇을 찾을 것이며
무엇을 남길 것인가

세월은 잡아둘 수 없고
인생은 흘러 유한한데
시간은 주인이 없고
역사는 주인을 따르리라

- 2007. 3. 5 어느 날, 삶에 대해 묻다

어느 수녀님의 삶

눈이 없는 자의 눈이 됩니다
귀가 없는 자의 귀가 됩니다
손발이 없는 자의 손발이 됩니다
배고픈 자에게 먹을 것을 주고
헐벗은 자에게 옷을 줍니다

이 모두 주고 또 주어도
더 줄 사랑 찾아
부족한 자신에 대해 기도하고
좌절의 벽을 하나씩 허물어 지운다

오늘도
큰 사랑
행복 찾아
늘 웃음 속에 살아가는 사람
그는 이 시대의 진정한 천사입니다

– 2005년 서울 글사랑 동인지 발표작(이광정 수녀님께 바치는 글)

갯바위

바닷가 가장자리에
언제부터인가
터를 잡고 사는 갯바위
반쯤은 바다에 몸을 담구고
반쯤은 하늘 괴고 서 있다

바다처럼 변덕쟁이도 없을 게다
어느 날은
속삭이다 어루만지기도 하고
어느 때에는
폭군처럼 소리치며 메친다

이런 것을
다 받아주고 사는 갯바위
더부살이 해초가 알고
잠시 머무는 갈매기도 안다

지금도
파도는 스스로 지쳐 부서지고
갯바위는 그 자리에
아무렇지도 않은 듯 버티고 서 있다

– 2007년 서울 글사랑 동인지 발표작(무던한 갯바위에게)

논두렁길

물은 낮은 데로 흐른다 물은 높거나 낮은 자리 없이 고르게 머
문다 논두렁은 그런 마음을 너무 잘 안다 휘고 굽은 등이 말해
주듯 다랑논 계단을 따라가면 우리 집이 있다 물이 샐까 가래
질, 맨발로 다져 훌친 논두렁이 굳기 전에 검정콩을 심었다 검
정 두렁콩이 알알이 여물 무렵 새벽이슬 털고 메뚜기 쫓으며
논두렁을 건너갔지, 개울 건너 밭 뚝 감나무 밑에 떨어진 홍시
가 입안에서 감돈다 언제부터인가 그 감나무는 보이지 않고 자
동차들이 줄을 이룬다 여술 골짝 등 굽은 논밭에 머문 정이 그
립다 논에 물이 골고루 머무는 사려 깊은 논두렁 물은 위에서
부터 골고루 채우고 낮은 곳을 찾아 흐른다

– 2007. 6. 28 논두렁길, 물이 묻다

어머니

세상에 하나뿐인 것 있다면
어머니만 할까
세상이 내게 준 선물 있다면
어머니만 할까

하늘이 높고 땅이 넓다 한들
어머니만 할까
그걸 알만할 땐
이미
어머니는 아주 먼 길을 떠나신 뒤였다

언제까지라도 옆에 있어줄 거란 착각에
때로는 짐짝처럼 여긴 적도 있지만
내 스스로가 영원한 짐이 되고 말았습니다

이제는
아무것도 잡아볼 수 없고
아무것도 해 줄 수 없다는 자괴감에
앞이 깜깜하고 가슴만 저미어 옵니다

– 2005년 서울 글사랑 동인지 발표작(어머님께 불효 소생이)

누가 우려낸 가을인가

바람은 뛰어난 패션디자이너이다

늘, 한 발 앞서
관음(觀音)의 소리로 연주하고
맛을 감상할 수 있게 빛깔을 낸다

그런 바람이
떫고 설익은 심신을 우려낸다
은행잎은 노랗게 배어들고
단풍잎은 붉게 고고 있다

파랗게 우러난 하늘에
구름 몇 조각 한가로이 유영한다
바람 이고 고개 숙인 벼, 풍요를 기약하고
붉어진 능금 알이 입속에서 사각거린다

가을을 우려낸 차 한 잔
맛과 향이 그윽하다
그런데
나는 이 가을을 품고 무엇을 우려내고 있는가

– 2007. 9. 11 가을이 오는 길목에서

몽당연필

책상서랍을 정리하다 눈에 띈 몽당연필 한 자루, 얼마나 오래 썼는지 손에 잡힐 듯 말듯 짤막하다 문득, 초등학교 시절이 생각나고 나를 보는 듯 회억에 젖는다 그러고 보니 한 해씩 빼 먹는 게 나이 아닌가 앞으로 살날이 짧아진다는 의미다 몽당연필이 말해주듯 연필자루가 제 살을 깎아먹고 살듯 난 살 날을 하루씩 빼먹고 산다 나를 지탱하는 심지가 아직 쓸 만하지만 얼마나 더 쓰일지는 모를 일이다 몽당연필은 심이 다하는 날까지 유효하다

- 2007. 9. 13 하나씩 빼어먹는 하루 얼마나 유효 할까

부지깽이

사랑채 가마솥 아궁이 잿불에 묻어둔 고구마를 호호 불며 껍질을 벗기어 먹던 추억이 모락모락 피어오른다 부지깽이 불쏘시개로 사신 어머니, 대 이어 활활 타오르기를 한 몸 받쳐 불태우셨다 종갓집 아궁이는 식성도 컸다 까맣게 타버린 그 속이 아련히 비쳐진다 예약은 안했지만 새벽닭 홰치며 우는 소리 어머니의 하루가 시작되는 시각, 사랑방 아궁이 잿불에서 갓 구어낸 군고구마 사랑방 손님과 나누어 먹으며 옛날을 반추한다 서리꽃 피는 창가에 이슬 먹은 들국화 한 송이 애련하기만 하다 아궁이에 타다 남은 재가 텃밭을 덮고 잔재가 상념 안고 하늘로 난다

- 2007. 10. 19 어머니 부지깽이로 불을 지피다

너에게 위임된 백지수표

시계는 시간을 위해 태어나
시간을 남기고
덜렁, 백지수표만 남긴 채
어제, 오늘 그리고 내일로 간다

시간 앞에서
초침은 잘게 쪼개어 촌음을 남기고
분침은 조각내 사유의 밑알이 되고
시침은 각인해 하루씩 업을 쌓는다

보이지 않고 잡히지 않는 너
백지수표에다 시간으로 그림을 그린다
공들여 정성껏
나의 색깔로 곱게 채색을 한다

모든 과정, 흔적이 여기에 있듯
어림할 수 없는 끝자락
어제, 오늘, 내일도
백지수표에 나만의 그림을 그릴 수 있다면
난 너의 그림자로 족하다

- 2007. 11. 27 시간 앞에 마음을 비우다

바다의 얼굴

천의 얼굴 바다
여름에는 몸을 담그고
겨울에는 머리를 씻는다

태양이 꽂히는 여름
푸른 가슴 활짝 열고
모래알을 쓸어내린다

발자국 따라
정을 남기면 지우고
또 남기면 지우고 시간을 묻는다

매서운 바람이 결을 몰고 오면
태양은 저만치 물러서 앉고
가슴으로 모래알을 쓸어 다듬는다

모래톱 여백에
속 내장 꺼내어 씻어
흔적을 남기지 않고 쓸어 보듬는다
마음의 상처까지도…

– 2007. 12. 7 바닷가에서 속 내장을 씻다

행복탕

행복이란
쓴 것
쉰 것
매운 것
짠 것
달콤한 것
골고루 어우러져야 제격이다

행복탕은
쓴 소리 한 스푼
쉰 말 반 스푼
매운 질투 반 스푼
짠 인내 두 스푼
달콤한 웃음 한 다발 넣고
푹 끓여 우려먹는 거다

- 2007. 12. 10 행복의 근원을 찾아서

나무의 자서전

그루터기의 발
둥근 얼굴 나이테
연륜의 결이 고스란히 새겨져 있다

여정의 둥근 자서전
지난 흔적을 빼곡히 적어놓았다
겉만 보고 알 수 없듯
시공의 애환이 승화된 종 횡 육필의 자화상

기쁨과 아픔의 발이 결을 이룬
질곡, 역정의 내역서
삶의 무늬가 곱게 수를 놓았다

내 이름 지우는 날
내 몸속에 새겨진 결, 무늬의 발
그 자리에 남아 있을 삶의 흔적을 본다

− 2008. 1. 8 나의 결 무늬의 발을 찾아서

죽(竹)을 그리다

꺾이지 않는
푸른 지조가 곧다
늘 푸르게만 산다는 게
그리 쉬운 일이 아니란 걸
시류가 바뀌고
가을이 오면 안다

매듭으로 이어진 몸
마디마다 비움이라
품격이
푸르고 하늘로 곧다

내공이 깊고
바르고 한결 같아
다른 나무는
흉내 낼 수 없고
범접할 수 없는 게다

곧은 줄만 알았더니
때론 휠 줄도 알아
네 근처에는 어떤 나무도
범접하지 못하는구나

- 2008. 1. 10 대나무밭에서의 힐링

종이컵의 작은 소망

나는 이제나 저제나 당신을 그리워하며 가슴에 작은 소망 하나 품고 삽니다 비록, 단 한 번의 숙명적 만남이라 더욱 마음 조이며 당신을 애타게 기다리나 봅니다 늘 어떤 색깔을 낼까 무슨 맛과 향을 담을까 당신만을 생각하며 기다리고 있습니다 언제 만나리라는 기약은 없지만 당신을 그리워하며 기다립니다 첫 입맞춤의 달콤한 꿈에 부풀어 애틋한 사랑과 정성을 담아 따끈 따끈하게 음미할 수 있다면 얼마나 좋을까 설혹, 짧은 만남의 작은 행복일지라도 후회는 안을 거라고 다짐합니다 언제나 당신의 따뜻한 사랑을 기다리고 있답니다 단 한 번이라도 꽃처럼 피고 질 수만 있다면 얼마나 좋을까 너의 신선한 향기, 운김으로 나의 언 가슴 녹이고 존재감을 느낄 수 있다면 다시 찾을 거라 굳게 믿습니다 나는 당신을 기다리며 작은 소망 하나 키우며 삽니다 당신이 원하는 대로 어디서나 언제든지 나를 만나 행복한 마음, 한껏 적시소서…

– 2008년 아람문학 봄호 발표작(종이컵에 작은 소망을 담다)

전(錢)타령 1

바다를 퍼 마시고 산을 베고 누운
광대의 돈 굿타령이나 들어 볼까

하나,
넌 목구멍을 담보로 한 구속
둘,
넌 행복을 가장한 질긴 유혹
셋,
넌 좋아는 하지만 애정 없는 별거

내가 너에게로부터 자유로울 수 있다면
행복을 훔친 잣대로
맘 내키는 대로 재진 안았을 텐데
날개는 있되 날 수 없는 먼 당신

이 소유의 갈증은 언제 끝날까
갖고자 하면 달아나는 넌
목숨, 자유, 사랑, 가정을 빨아먹는 흡혈귀

- 2008년 아람문학 봄호 발표작

전(錢)타령 2

어느 노숙자의 비망록
무전유죄
이름은 실직자 일명 건달
나이는 연명(連命) 미상
거주지는 서울역 지하도
직업은 백수
특기, 음주(알콜중독)
취미는 낮잠
낙인, 무능력자
변론(명), 대물림
선고, 무전유죄 노숙자에 처함

어느 졸부의 비망록
유전유죄
이름은 졸부 일명 투기꾼
나이는 벼락치기 미상
거주지 신 개발지역
직업은 한량
특기, 거드름
취미, 투전
낙인, 패가망신 집안싸움
변론(명), 유산
선고, 유전유죄 배은망덕 패륜아에 처함

- 2008. 1. 31 너를 쫓는 게 아니라 드는 자에게

2부

뒷모습이 아름다운 당신

껍질 없는 알맹이는 없다
껍질은 알맹이에게 모든 것을 다 주고
늘 껍질로 돌아가 산다
그 사랑은 어머니 같다

겨울여자

삭풍에 문풍지는 울고
밑 불 사위어진 아랫목
그믐달이 홍살문 찢고 든다
생솔가지 지펴
가마솥에 오장육부를 삶는다

추녀 끝에 고드름이 맺히고
하늘 딛고 선 몸뚱이
언 가슴에 서릿발 돋는다

해는 서산에 눕고
싸늘한 마음결에 월광이 젖네
방문 여는 문고리, 손에 쩍 달라붙는다
하얀 겨울여자
꽃샘 눈빛 아련한데 봄은 아직, 멀다 한다

- 2008. 1. 9 한 겨울 꿈속에서

봄바람이었어

고요 호수가 일렁거림은
무슨 까닭이 있어서일 게다
호숫가 능수버들
연둣빛 자락이 하늘거림은
무슨 사연이 있어서일 게다
뜰 안 목련꽃 망울이
탱글탱글 부풀어짐은
무슨 연유가 있어서일 게다
침묵하던 실개천이 소곤거림은
무슨 뜻이 있어서일 게다
굳은 들녘에 파릇한 싹이 돋음은
무슨 조짐의 시작일 게다
그래,
오늘아침 두 볼에 스치는 바람
그건, 분명 봄바람이었어

- 2008. 3. 4 봄이 오는 길목에서

산에서 만난 꽃

산 속에 들면
눈, 귀 열려 있지만
좀처럼 입은 열지 않는다

숲은 보고 듣느라 한적하고
물, 새 소리 고요를 삭히면
연인처럼 바람이 율동을 한다

산 중 산수유, 진달래, 산 벚
빙설의 수신 끝에 봄이라고
말문 연다

회색 숲
연둣빛 생기 돌면
화두
한마디 입을 연다
봄

산 속 꽃은
시퍼런 칼날에 피고
고요 아침은
고해의 마음이라 한다

– 2008. 3. 24 산중에서 만난 임에게

수목들이 봄 술을 마신다

수목들이 발가벗고 술을 마신다
술기운이 온몸에 퍼져 취한다
먼저,
술에 예민한 매화가 불그스레 취하고
뒤 따라 진달래가 취해 홍조를 띤다

그런데,
대추나무는 아직, 취기가 없다
봄 술에 강한 건지 둔한 건지…

도시의 회색 아파트
대추나무처럼 뻣뻣이 서 있다
아마, 지금쯤 고향의 살구, 복숭아나무도
봄 술에 취해 울긋불긋 할 게다

좀 있으면
대추나무 실핏줄에도
신선한 수액이 돌면
파랗게 취하겠지

별 물은 아침,
창문을 활짝 열고
봄 기운을 마음껏 들이마신다
나도 매화, 진달래처럼 취하고 싶은 게다

− 2008. 4. 15 봄 술에 취하다

행복의 연습

빈 그릇
무엇인가 담을 수 있는

가득차면
꿈이 들어올 공간이 없다

꿈은 여백에 깃들고
빈 곳에 자리 잡고 머문다

빔
꿈이 자라는 공간
행복이 고인다

– 2008. 5. 16 나에게 꿈이 들 공간 있나

내 마음에 이는 물결

잔잔한 호수에 이는 물결이
바람 때문이듯
이 마음에 이는 물결은 인연 때문이리

내 마음에 이는 물결
잔잔하게 일렁이다
심하게 출렁일 때도 있고
성난 격랑일 때도 있다

바람 불면 물결이 일듯
집착으로 깊어지는 인연
결국, 마음에 상처만 남긴다
이 모든 물결은
마음을 다스리지 못한 집착 때문이리

바람이 사랑의 마음으로 바뀌면
사랑만큼 미움인 것을
내게 이는 바람은
잔잔하게 이는 사랑의 바람이면 좋겠다

– 2008. 5. 21 잔잔하게 이는 사랑의 물결이길

한 점 바람이어라

바람아
넌 어디에서 와서
어디로 가는 거냐

가까이 있으면서도
알 수 없는 넌
늘 날 흔들어 놓고 가곤 하지

바람아
네 마음은 알 수 없지만
머물고 갈 때마다
내 마음 들쑤셔놓고 가는구나

바람아
넌 기약 없이 불쑥 찾아와
마음대로 파문을 일으키고
늘 말없이 사라지곤 하지

바람아
한 점 관심이 없다면
외로움은 어이 달랠까

어디에서 와 어디로 가는지
굳이 알고 싶지 않은 건 왜일까
흔들고 들쑤시고 파문을 일으켜도
넌 내 마음속에 한 점 바람이어라

- 2008. 5. 29 바람 맛 타다

뒷모습이 아름다운 당신

하루해가 저무는 노을처럼
당신의 뒷모습이 아름다운 것은
빛의 여운이 아침을 열고 오기 때문입니다

백발이 성성하게 나이 들어도
어머니의 품이 그리운 것은
내 마음에 자리한 당신의 사랑 때문입니다

꽃이 지면 하나의 밑알을 남기듯
땀으로 일구어 맺는 열매는
뒷모습이 아름다운 당신이 있기 때문입니다

조화보다 이슬 먹고 자란 들꽃의 향기가
내 가슴속에 오래도록 남아 있는 것은
뒷모습이 아름다운 당신이 있기 때문입니다

이 세상의 빛과 소금, 사랑의 열매로
우리들 가슴에 영원히 남을 수 있는
뒷모습이 아름다운 당신이 진정 그립습니다

– 2008년 서울 글사랑 동인지 발표작(뒷모습이 아름다운 임에게)

숲을 걸어놓은 창

숲을 향해 작은 창 하나 걸어 놓다

꽃이 피면 꽃향기가 스며들고 꽃가루가 날아들어 노란 앙금이
가슴 켠에 내려앉아 까끌거리는 창가 참새들이 촐싹대며 재잘
대는 소리가 심금을 찢는 창가 어느 날, 화들짝 꽃잎은 비바람
에 지고 나뭇가지 가지마다 초록 옷 총총히 걸어 놓는 창가 그
곳의 푸른 꿈들이 숲속으로 푸름 속으로 걸어갔다 숲이 울긋불
긋 익어갈 무렵 홍시 같은 고향을 걸어 놓는 창가 어느 날 황량
한 숲 칼바람소리 새어들고 이따금 따스한 햇살이 찾아들면 따
끈한 차 한 잔에 가슴 적시는 창가 그 숲을 오간 날들이 창가에
서성거린다 차라리, 숲을 향해 창을 걸어 놓지 안했더라면 이
처럼 창가에 서서 아쉬움 안고 서성거리지는 안했을 텐데… 그
창으로 신선한 바람이 들고 짹짹거리는 새소리가 숲의 시공 속
으로 걸어간다

– 2008. 6. 11 숲을 향해 걸어놓은 창가에서

하늘 그리운 담쟁이

하늘에서 내려 온 담쟁이는 하늘로 돌아갈 수 없어 벽을 오르고 또 오르며 피멍으로 벽화를 그린다 동화책 읽는 소리가 들려오는 창가에 똬리를 틀고 새어드는 불빛이 질 때면 한 보따리 그리움 베고 꿈나라로 간다 아침이 오면 참새들이 마실 와 시끌벅적 단잠을 깨우고 날 수 없는 설움에 발을 벽에 철썩 붙이고 담 넘어 세상을 두리번거린다 가을이 오면 이슬로 쓴 붉은 엽서를 서리꽃 피기 전에 한 장씩 띄워 내려놓고 벽에 실핏줄 같은 그물을 친다 담 넘어 마음에 든 홍시가 걸려들어 출렁이고 목 길게 뽑은 코스모스, 바람결에 무리지어 하늘거린다 달이 들고 별이 머물다 가는 밤이면 먼 하늘나라 얘기로 밤새는 줄 모른다 동이 트면 작별의 아쉬움 남기고 소리 없이 사라진다 그는 동화책 읽는 소리가 들리고 불빛이 새어드는 창가의 허름한 벽에 발 붙이고 언젠가 날개 다는 꿈을 꾸며 고샅길 옛집에 지금도 살고 있다

– 2014년 아람 문학 봄호 발표작

불영사(佛影寺)

그림자 드리운
불영사 연못에
세상이 거꾸로 드리워 있다
세속을 들여다보듯
난 눈 뜬 장님일세

하 많은 그림자 형상
스쳐 지나갔을
저 연못엔
수신의 별, 달, 구름, 산, 숲…
연잎에 물방울 구르듯
잔영이 애절한데
나는 어디쯤 가고 있는 걸까

- 2014. 4. 13 불영사 연못에 비친 상

지나고 보니

지나고 보니
사랑은 머리로 하는 게 아니라
뜨거운 가슴으로 하는 거랍니다

지나고 보니
배려는 잣대로 하는 게 아니라
우러나오는 마음으로 하는 거래요

지나고 보니
용서는 계산으로 하는 게 아니라
처절한 느낌으로 하는 거랍니다

지나고 보니
우린 아는 것보다 모르는 게 많고
싫은 점보다 좋은 점이 많은 거이었어요

헌데, 다시 닥치면 도지는 병
이제라도 벗어나
가슴, 마음, 느낌으로 살아보렵니다

– 2014년 아람문학 가을호 발표작

그리움은 다하지 못한 곳에

채워지지 않는 병, 그리움
늘 다하지 못해 아쉬움이 남는 병
그리움

네가 내 안에 살고 있어
난 글을 쓰고
꿈을 꾸며 하늘로 여행을 떠난다

이토록 목마른 것도
그리움
너 때문이리

아는 듯 모르고
잡힐 듯 잡히지 않는 너
내 안에 그리움이 살지 않는 한
가슴 저미도록 갈구하지는 않았으리

아주 멋진 사랑
애써 찾아 갖고 싶어 하지만
언제나 채워지지 않는 갈증
내 안에 살고 있었네

– 2014년 아람문학 겨울호 발표작

그리움의 쉼터

별빛처럼 쏟아지는 그리움
담아둘 수 있다면
마음 창고 한 켠
차곡차곡 쌓아 두었다
잠 못 이루는 밤에
하나씩 꺼내 보리라

바람처럼 일고지는 그리움
머물 쉼터 하나 있다면
외롭고 지칠 때에는
마음 내려놓고 쉬어가리라

달빛 어린 술잔
나눌 벗이 있다면
지금을 시(詩)로 적어 읊고
삶의 향기 함께 음미 하리라

틈으로 서려드는 정
빈곳으로 채워지는 사랑
서로 보듬어 나누며
그리움의 쉼터에
지금을 시간으로 쓰는 날까지 머물다 가리라

- 2015년 아람문학 봄호 발표작

고도(孤島)

망망 바다
늘 그 자리에
우뚝 솟아 있는 고도(孤島)

바다와 다르다 하여
우린 그를
섬이라 부른다

삼킬 듯 거센 파도에도
일렁여 치근대는 파문에도
아랑곳 하지 않는 섬

외롭고 고독하지만
언제나
홀로 버티고 서 있다

늘
바다가 섬을 떠받치고 있지만
외로운 건 마찬가지

섬은
고독 그 자체로
하늘을 괴고 산다

– 2015년 아람문학 여름호 발표작

상흔

내 마음 훔쳐간 너
눈 감아도
또렷이 보여
장님이 될까 두렵다

내 마음 흔들어 놓은 너
자꾸 꿈에 나타나
길조인 듯
모래성 쌓으며 행복했다

내 마음 들쑤시고 간 너
까만 밤
별빛처럼 쏟아져
한낮인데도 마음이 아려온다

하나뿐인 몹쓸 병
천둥번개도 멎고
하늬바람 쓸고 간 자리
그리움 한 다발 피고 진다

눈 감아도 보이는 건
잊혀져도 보일
상흔이 남긴 지독한 열병이다

– 2016년 아람문학 여름호 발표작

사랑아

보여줄 수 있으면
꺼내 보여줘 봐
가지고 있으면
손에 쥐어줘 봐
달콤한 거면
입에 넣어줘 봐
속이 타면
들어내어 태워 봐
가슴이 메이면
후련하게 쏟아내어 봐
속이 끓으면
시원하게 퍼부어 봐
알면
실체를 보여줘 봐
미치도록 빠져들게
내 사랑아
시간은 기다려주지 않으니
지금 스스로에게 물어봐

– 2016. 6. 22 답답하면 지금 스스로에게 물어봐

그 섬에 가고 싶다

물고기와 나 사이에 바다가 있다면 나와 물고기 사이에는 그 섬이 있다 하늘과 바다가 빚은 신비의 고도(孤島), 해조(海鳥)의 둥지요 때 묻지 않은 바람의 쉼터다 고독이 그 섬에 똬리를 틀고 산 지도 오래다 나는 가끔 그 섬에 가고 싶을 때가 있다 물고기가 노을에 비늘을 털며 다가오면 침잠(沈潛)의 경계 어디쯤, 바다가 그리운 물고기는 내 곁을 떠나 그 섬으로 간다 일몰에 잠드는 그 섬으로…

– 2016년 아람문학 가을호 발표작

내 마음의 바람개비

푸른 바다가 손짓하는
바람의 언덕에
지금도 이 가슴 설레듯
바람개비 돌고 있겠지

꿈에 그리던 임
바람 타고 오신다던
그 바람의 언덕에
가슴 시리게 동백은 피고 져도
바람개비 돌고 있겠지

파도가 속살대는 갯바위
속내 드리운 하얀 포말
지금도 일고 부서져도
바람의 언덕엔
바람개비 돌고 있겠지

내 마음의 바람개비
돌고 있는 한
못다 한 사랑 바쳐
그 바람의 언덕에
내 영혼 잠들게 하리라

– 2017년 아람문학 봄호 발표작

장미에게

너만 보면
은근히 질투심이 치밀어
터놓고 말은 못하지만
태양 업고 피는 것도
한낮 요염한 자태도
톡톡 쏘는 서슬 멋이 그래

그런데도 널
좋아하는 이유는 무얼까
빨려드는 화려함
겁 없는 미소
매혹적인 눈빛…

너만 보면
공연시리 질투심이 도져
겨울의 아픔도
야생의 슬픔도 찾아볼 수 없고
밉도록 태양을 닮은 것도 그래

강열한 여운의 그늘
이슬방울도 비켜간다
여린 가슴 흘기는 꽃, 장미야

- 2009. 6. 10 유월 품은 장미에게

그 할머니에게 묻다

칼바람 부는 어느 날 언제나처럼 등 굽은 할머니가 손수레에
폐품을 가득 싣고 고샅길 언덕 모퉁이로 잠시 잊어버린 명제를
던지며 홀연히 사라진다

버릴 만큼 정 붙이지 못 했나
버림받을 만큼 사랑이 식어버렸나
버려질 만큼 쓸모없고 하찮해졌나

나는 너에게 얼마나 소중한 사람인가
너는 나에게 얼마나 쓸 만한 사람인가
나는 너에게 얼마만큼 필요한 사람인가

하물(何物)은 시간을 먹을수록 낡고 녹슬지만 그동안 서린 정
나눈 사랑도 그처럼 낡고 녹슬까
버린 것 거두어들이는 등 굽은 할머니에게 동반의 의미를 묻다

– 2016년 아람문학 겨울호 발표작

가을의 향기

가을 옷으로 갈아입는
산과 들을 보면서
나의 가을을 들여다 봅니다

파란하늘 닮아 맑게 빗고
볕에 몸을 말리면서
정갈하게 마음을 비웁니다

풋내 벗고
익는 모습이 향기롭고 곱습니다
열매는 골고루 나누어 주고
오래뜰 곡간을 텅 비웁니다

심신을 삭히는 냄새가
이리, 은은하고 향기로울까
나 또한 가을 옷으로 갈아입는다

‒ 2009. 9. 26 가을 옷으로 갈아입다

고드름

지붕에 쌓인 하얀 눈
삶의 업보인 듯
빙점의 눈물이 그렁그렁하다

눈꽃처럼
시한부 삶을 살지라도
한 생 피날레가 너만 하면 좋으련만

추녀 끝에 매달려
빙점의 눈물로 빚은 작품
거꾸로 내걸고 불면에 빠진다

기(氣)가 이울어 지면
산산이 부서질 것을…
차가운 눈물 업을 쌓고 있다

- 2010. 1. 18 설원의 꿈을 찾아서

손수건

소맷자락 번질번질 코흘리개 어린가슴에 하얀 손수건 달아주던 어머니, 그 어머니가 어느 날 나의 눈물 훔치고 땀을 닦아주던 요즈음, 지독한 콧물감기에 훌쩍이는 나에게 꿈속에서 손수건 건네주며 찬바람 소이지 말라 한다 철 들면 알 거라던 말, 이리 가슴 저밈은 흘러간 세월 탓만은 아니리라 지난날, 얼룩진 길목 언저리에 가끔 사무치게 떠오르는 것은 생전에 못 다한 한이 서러서일까 억새처럼 바람에 서걱이며 그리움에 날갯짓한다 눈물, 땀을 닦는 용기, 당신이 준 소중한 유품이라지만 난 지금 어린아이처럼 그리움에 손수건 적시고 있다 배곯고 헐벗음이 당신 죄인 양 가슴으로 보듬어 주시던 어머니 이제, 사랑이 무언지 어렴풋이 알 즈음, 꿈속에서나마 만나 뵌다 오래 뜰이 헤지고 문지방이 달토록 굵어진 손마디, 골진 얼굴이 떠올라 가슴속 깊은 곳에서 손수건 꺼내어 눈물 훔친다

– 2013년 아람문학 봄호 발표작(칼바람에 문풍지 울던 날 소자가)

몽돌마을의 신화

바닷가 몽돌마을에는
둥글둥글한 사람들이 모여 산다
그들이 지금껏 믿고 지켜 온 것은
물이 칼보다 강하다는 이치이다

칼과 창이 없는 마을에는
어제처럼 물결은 일고
마음 씻는 소리 살갑게 들려오고
모서리 다듬는 수행은 이어진다

오랜 그들의 신념이 이어지는 한
몽돌마을에는
베이고 찔려 상처받을 일 없이
서로 보듬는 평화가 영원할 게다

– 2010년 아람문학 여름호 발표작

내 마음속의 섬

내 마음속엔
아직,
사람의 발길이 닿지 않은
신비스런 섬 하나 있다

그 섬엔
바람 불면 파도가 일고
바람 자면 그리움이 핀다

하늘, 바다 사이 고독한 섬
기도 속에 일출을 맞고
노을 베고 하루를 접는다

내 마음속 외로운 섬 하나
난 가끔 그곳에 머물러
버거운 짐을 내려놓고 온다

– 2012년 아람문학 봄호 발표작

껍질은 말한다

껍질 없는 알맹이는 없다
껍질은 알맹이에게 모든 것을 다 주고
늘 껍질로 돌아가 산다
그 사랑은 어머니 같다

헌데, 사람들은
껍질은 버리고 알맹이만 챙긴다
그는 갖은 비바람 다 맞으며
온몸 던져 감싸 보살피느라
항상 껍질뿐이다

혹여 상처라도 입을까
밤낮 없이 감싸온 나날들
볕에 그을린 결이 곱디곱다
모든 것 다 준다 한들 너만 할까

내 뜻과 달리
버려진다 해도
내 삶의 진실만 할까
알맹이는 껍질에 싸여 살고
앞으로도 영원히 그리 살 게다

- 2011. 9. 17 껍질이 나에게 말하다

패러독스

고요는 시간이 지나가는 소리
고독은 머무름의 몸부림
그리움은 사랑의 연습
미움은 용서의 시기라고

꿈은 미래의 두려움
어둠은 빛의 잉태
침묵은 아우성의 인내
자유는 구속의 꽃이라고

겨울나무의
패러독스
고요, 고독, 그리움, 침묵
그리고 자유

– 2012년 아람문학 봄호 발표작

란(蘭) 앞에서

자갈 한 줌의 땅에 뿌리 내려
물만 먹고 살지만 늘 푸르다

먼발치 햇살에 몸을 닦고
찻잔에 어린 달빛에 사색을 즐긴다

성깔은 까칠해도
피운 꽃의 향기는 품격이 다르다

가지런한 몸, 청초한 기개
선비 가문의 피가 흐른다

창가 란(蘭)처럼
물만 먹고 고고히 살 수는 없을까

– 2011년 아람문학 겨울호 발표작

3부

잃어버린 우산

선택된 행복보다
난,
버려둔 자유가 좋다
온실 속에서 다듬어진 웃음보다
난,
햇빛 속에서 그을린 웃음이 좋다

가까이 그리고 멀리

나에게 산을 찾는 이유를 묻는다면, 한마디로 가까이 그리고 멀리 볼 수 있어서 라고 말하겠다 계곡, 숲길을 가다보면 잎사귀, 가지, 줄기 하나하나 속속들이 볼 수 있다 간혹, 바람에 쓰러진 고사목도 삭정이도 벌레 먹은 잎도 보인다 뿐만 아니라 이름 모를 풀들과 크기도 모양도 다른 돌들을 볼 수 있다 하지만, 능선을 따라가면 한 폭 한 폭의 그림을 감상할 수 있다 마치, 숲에서 화가의 손놀림을 느꼈다면, 산 위에서는 전시회에 걸린 그림을 보는 듯하다 가까이에서 보면 곱슬머리에다 코가 약간 삐뚤어져 있고 여기저기 흉터 자국에다 허벅지에는 까만 점도 있다 가끔, 바람에 나무 쓰러지는 소리 삭정이 부러지는 소리도 들을 수 있다 하지만, 멀리 떨어져 있으면 이런 일 알길 없고 그리움이 돋고 정이란 것이 보일 뿐이다 명작은 떨어져서 감상하고 깊어지는 가을 숲은 산 위에서 바라봐야 아름다운 거다 우주에서 바라다본 지구처럼, 난 능선을 따라가며 당신을 바라보며 정을 품으련다

— 2011. 10. 16 산 위에서 바라보듯 살리라

제비꽃

강남 갔던 제비
돌아올 무렵 피는 제비꽃
봄볕 읊조린 곳에
고사리 손 내밀고 앙증맞게 피었네

사파이어 박은 듯
이 꽃반지
가슴에 묻은 사람에게 끼워주고 싶다

달력은 봄이라 하는데
시샘 바람에 풀죽어
아직
임은 먼발치에서 서성이고 있네

야생의 몸부림
네 쪽빛 꿈 훔쳐 핀
이 제비꽃 반지
마음속 그 임에게 끼워주리라

– 2012년 아람문학 여름호 발표작

다리

물길 질러 다리 박고
건널 사람 기다리는 다리
벼랑 끝 선
기다림의 절규를 아는지
시퍼런 물길 건너서야 벗을
한 줌 희망 물길에 잃을까
밤을 지새운 날 얼마이던가
물길 건너 가깝고도 먼 땅
진달래꽃 피고지고
강물에 쓸려간 세월
패인 주름만큼 가슴 저민다
한 하늘 아래 지금껏
발목 물에 담그고 서 있는 저 다리

언제까지
뉘 기다리며 거기 서있어 줄까
아침, 물안개 접고 날아가는 새야
진달래꽃 피고지고
언제쯤
저 다리를 발목 적시지 않고
건널 수 있겠니…

– 2012년 아람문학 여름호 발표작(어느 봄날 건널 수 없는 다리에서)

사랑은 가을처럼

푸르러 푸르다고
늘 푸르리
얼굴에 갈 골지면
비바람 갈 볕에
익어 향기로운 것을

곱게 물든 단풍처럼
달콤한 능금처럼
회억이 서성이는 가을

담쟁이 벽화 속
자그마한 창문에
밤이면 별, 달님 들고

가랑잎 밟히는 숲
풀 섶 고는 향기가
발길 잡는데
못 다한 열정
노을 베고 눕는다

그저
보기만 해도 좋은 사람
가을 길 따라 다정히 걷고 싶다

- 2011. 10. 22 풀 섶 고는 향기 따라간 길

오월의 랑데부

버거운 동면 고개 넘어
산고 끝에 터트린 꽃은 지고
그 아픔 채, 가시기도 전에
청보리밭 길 따라
나른해진 사월은 가고
연둣빛 수혈하는 오월이 온다

첫사랑 같은 초록의 눈
움터 피는 산야에
간밤 내내 눈에 밟히던 임
철쭉꽃 질펀한 날 날 받아
우린 결혼했지

해 질 녘 아카시아 향기
솔솔 창문으로 스며들고
넝쿨장미 담장을 붉게 물들이면
하루하루가 새롭게
꿈은 청청하게 짙어만 갔다

– 2012년 아람문학 여름호 발표작(5월 11일 결혼기념일에)

한 장 남은 달력

한 해 열두 달 꿈을
거실에 걸어 놓고
한 장 한 장 빼먹어
이제
달랑 한 장 남았네
미련한 사람
언제까지 기다려줄 줄 알았나

고운 정 미운 정
골진 얼굴이 아름다울 때
미뤄둔 여행이나 떠나야겠다
한 장 남은 달력처럼
아쉬움, 후회가 앞을 가리기 전에…

- 2012. 12. 1 달랑 한 장 남은 달력 앞에서

눈꽃에 영혼을 묻다

솜털 같은 눈발이
시나브로 내려
모두 하얗다

발자국 남기고 싶은 설원
그 위에
진눈깨비 덧칠한다

눈꽃
엽서 한 장
가슴을 파고 들면

보고 싶은
그리운 사람들이
기척 없이 하얀 손을 내민다

꿈을 그리는
눈꽃
오래 머물 수는 없어도

뼛속 후비는 바람
지울 수 있다면
내 영혼까지 너에게 주고 싶다

- 2012. 12. 29 눈꽃 설원에 영혼을 묻다

산을 품다

가슴에 산 하나 품다

한 치 넘치거나
모자라지 않게
산은 늘
제 자리 지키고 서 있다

비바람, 눈보라
녹여내고 삭혀내는 산

비워 둔 숲엔
들짐승 날짐승
모여들어 둥지를 튼다

지친 바람 쉬어가고
힘에 겨운 시간이 멈춰 쉰다

달빛 고인 계곡
물을 빗고
시간을 보듬어 풍요롭다

꽃과 잎은 아래에서부터 피어오르고
단풍은 위로부터 물들어 온다
그게
사는 이치, 아름다움이라 한다

– 2013. 1. 25 산에 올라 산을 품고 내려오다

별 나라

별을 품어 세운 나라
별 나라
백성이 하늘이래

별은 신비스러워
마음 설레고
별 따러 간 아이들
지금쯤
어느 별에 머물까

보리꺼럭 태우던 유월
반딧불이 따라간 아이들
물음표로 성근 눈빛이 그립다

달님 시샘에
별을 등진 날
비운 순백의 꿈을 그린다
별 나라 아이들이 보고 싶다

– 2013. 6. 9 반딧불이 따라 별나라에 간 아이들에게

106

밤꽃마을

불볕 머금고 핀 꽃은
풍기는 향기도 진한가 보다

고요 저녁을 흔드는 유혹
사오월 마다하고
이제, 온 이유던가

정 서린 산자락을
허옇게 물들인 늦바람

유월 밤꽃 마을에는
푸른 이야기가 푸르러져
으스름 달밤을 흠뻑 적시고

코끝에서 가슴으로
살 냄새가 별빛처럼 쏟아진다

– 2013년 아람문학 가을호 발표작

여우비

마른하늘이 번쩍하더니
먹장구름 두 동강 나고
잠시 뒤
하늘이 무너질 듯 패대기치는 굉음
아마, 암내 난 여우비가 올 징조다

구름사이 조명발이 내리 꽂히고
마파람 후드득 비를 몰고 오면
콩밭은 한 물결 후려 돌아앉는데
어미 찾는 송아지 소리 적막을 찢는다

꼬리 남긴 비는
아련히 서산마루 돌아 숨고
농부는 허둥지둥 원두막에 든다
서서히 먹구름 접히면
언제 그런 냥 불볕이 내리 쏜다

아직, 물안개 젖은 숲을 더듬는데
하늘엔 구름덩이 둥둥 유영하고
석양마루 비켜 무지개는 아치를 놓는다
여우비 지나간 마음자락
물보라 일곱 빛깔 원두막에 피어오른다

- 2013년 아람문학 가을호 발표작

잃어버린 우산

지하철역에서 나오는 순간
비가 억수 같이 쏟아진다
아차, 내 우산
뒤돌아 네가 머문 곳 더듬는다

살며 흔히 있는 일
하지만
오늘따라 그 우산이 눈에 밟힌다

그래
필요할 때 있어야 하고
없어 봐야 소중함을 안다

너를 잃어 봐야
비를 피해갈 수 없고
비를 맞아 봐야 너를 안다

비오는 날
두고 온 당신이 생각나듯
꼭 있어야 할 사람
비가 그치면
우산처럼 또 잊고 사는지 모른다

- 2013. 7. 27 지하철에 놓고 내린 우산, 비는 쏟아지고

산딸기

가시덤불 숲
발길 뜸한 곳
난 그곳에서 태어나 자랐다
꽃이 언제 피고 지는지
기억해 주는 이 없지만
벌, 나비는 용케 찾아준다
유월의 태양이 발가벗기면
빨간 순정이 몽글몽글 돋아
보석처럼 빛나
밤이면 별과 달이 머물고
동이 트면 이슬 머금고
달콤하게 농익어 손을 내민다
짝사랑이었던가
어느 날
빈 가슴 안고 돌아서 온다

– 2013. 7. 7 숲길 가시덤불에서 만난 임에게

억새의 나라

난지도 하늘공원 바람의 언덕
억새가 무리지어 살고 있다
하늘 트인
가장자리에 터를 잡은 지도 오래다

바람의 연주가 시작되면
혼불 춤사위 물결 이루고
난 먼 이국의 하늘 아래 서 있다

목, 겨드랑이에
파고드는 손길
메마른 가슴 보듬고 서걱인다

내 고향은 하늘을 인
바람의 언덕
너에겐
신바람 피가 흐르고
하늘 안고 춤추는 신명이 있다

– 2013. 10. 27 난지도 하늘공원 억새밭에서

그 바다에 가는 이유

파도처럼 고동침이 그렇고
깊이도 넓이도 가늠하기 어려워
그 품은 속을 헤아릴 수 없으니 그렇고
바람이 늘 잠들고 싶어 부추김이 그렇다

수평선 저 너머에 있을 설렘이 그렇고
바람이 몰고 지나간 시간들이
파도처럼 부서져
하얀 물보라를 남김이 그렇고
동트는 아침이면 해오름이 눈에 부시고
어둠 드는 저녁이면 노을을 남김이 그렇다

억겁을 품어 일렁이는 바다
나에게
그 바다를 찾는 이유를 묻는다면
내 마음 앗아간 그런 너를 닮아보고 싶고
가슴이 찌릿하도록 품어보고 싶어서다

– 2014년 아람문학 봄호 발표작(마음 닮은 바다에게)

홍시꽃

지고지순
곁을 지켜주던
잎
어느 날 하나둘
곁을 떠나고

가지가지마다
그리움 달고 핀 홍시꽃
한 폭
겨울 꽃 수채화라 부르고 싶다

임 떠난 빈자리
구석구석
이곳저곳
날선 바람이 들춰내
썰렁하지만
잠든 향수 달고 와 눈 맞춘다

– 2015년 아람문학 겨울호 발표작

성에

밤새 무슨 일이 있었나
아침이면 가장 먼저
눈 맞추는 창
오늘은 왠지 표정이 밝지 않다

허연 성에가
도배질하여
알 수 없는 밖의 세상

안과 밖, 겉과 속
너와 나
온도 차이가 그리도 컸나

성에가 슬면
볼 수 없다는 것을
오늘 새삼 일깨워 준다

내 생애 성에 끼는 날
얼마나 될까
당신과 나 살며 성에 돋을까
창을 열고 온도를 재어본다

− 2016. 1. 24 성에 낀 창가에서 온도를 재다

화롯불

할머니 닮아 잠이 없는 섣달 새벽
사랑채 가마솥 아궁이에서
툭툭 투득 희나리 타는 소리 들린다
아직, 화로불의 불씨가 남아 있는데
외양간 누런 황소 콧구멍에서
김이 모락모락 피어오른다
쇠죽 냄새가 화롯불 불씨처럼 살아
삭풍에 식어진 마음 지핀다
이런저런 뒤척이는 섣달 겨울밤
불씨 남은 화로를 끌어안아 본다
그 따스한 온기가 배어 들쯤
홰치고 첫닭 우는 소리 여명을 뚫는다
사랑채 쇠죽 쑤는 할머니가
아름아름 눈에 아른거린다
그건, 섣달 문풍지 울리던 화롯불 불씨였다

– 2015년 아람문학 겨울호 발표작

행운목 꽃이 피었어요

집안에 솔솔 풍기는 이 향기, 그 정체는 창가에 자리한 행운목 화분이었네 며칠 전 꽃대에 올망졸망 하얀 망울 달더니 오늘 살포시 망울 터트려 웃고 있네 난생 처음 보는 행운목 꽃 화려하지는 않지만 그 향기만큼은 일품이네 이 향기 얼마나 갈지, 오래도록 머물러 주었으면 좋으련만 행운목에 꽃이 피면 행운이 온다던데 어떤 행운이 올까 살며 끌림의 본은 향기리라 벌 나비가 빠져들고 바람도 취해가는, 그건 병일세, 사랑 병 우리 집에 행운목 꽃이 피었다네 저녁이면 그 향기 온 집안을 들썩인다네 이 향기 얼마나 갈까 오래도록 붙잡아 둘 수 있으면 좋으련만…

– 2015. 5. 21 행운목 꽃향기 당신에게 보내드립니다

느티나무집

두물머리* 큰 뜻 안고
예봉산 정기 뻗어 연 곳
늘 푸근한 품 느티나무집
오는 사람 반기고
가는 사람 정드네

목 타고 허기진 사람
회포에 정 그리운 이
발길 멈추고 쉬어가네

숭늉 같은 구수한 미향(味香)이
입안을 감돌아 가슴에 피고
입에서 입으로 번져 갈 즈음
한 시름 아리수에 띄우면

산소 같은 미소가 벌처럼 쏴
이 마음 앗아간다
고요한 심연에 파문이 일고
술잔에 드리운 이 아른거려
느티나무 정자 한 켠에
이 마음 고이 새겨 묻고 가노라

- 2006. 2. 21 느티나무 집 회억을 더듬으며
*두물머리: 양수리의 우리말 지명

시간표

시간이란 게 존재하기에
시간표도 만들고
시간표가 있으니
시간이란 공간 속에 모든 게 보인다
시간과 시간표
시간은 흘러가고
시간표는 짠 형체
시간은 앞으로만 가고
시간표는 뒤돌아볼 수 있다
시간은 멈춤이란 없다
시간이 주어지지 않는 한
시간표란 없다
시간은 누구나 주어진다
하지만 나에겐
시간표만 있을 뿐

내 시간표든
주어진 시간표든
시간표에 따라 흘러간다
나는 너를 잊을 수 없어
사랑도 정도 여기 머문다

- 2008. 3. 2 시간표에 의미를 두다

아리수

백두산 정기 뻗어 백두대간이라
그 줄기 금강산의 옥수는
북한강의 큰물 되고
태백 금대봉 자락 빚은 물은
남한강의 큰 물 되어 흐른다
둘은 두물머리*에서 한 몸 되어
용틀임하며 서울을 휘감고 흘러
서해에 이르니
이름하여 아리수*라 부른다

대륙의 기가 모인 땅
그 중심에서
우리 역사의 애환을 한 몸에 안고
하나 된 큰 흐름
몸소 보임이라
너와 나의 뿌리가 여기에 있는 것을…

모든 것을 쓸어안고 큰사랑으로 가는 당신

아리수는 너와나의 희망이요

번영의 꽃이니

우리들 마음속에

영원히 자리하고 사랑하리라

– 2004년 서울 글사랑 동인지 발표작

*두물머리: 양수리의 우리말 지명
*아리수: 고구려 시대의 한강의 이름

하늘 품은 작은 행복

볕이 살갑다
옷깃 스치는 바람이 상큼하다
어젯밤
보슬비에 씻긴 쪽빛 하늘
내 마음 앗아간다

뒷동산 휑한 숲길
파란 하늘 머금은 노란미소
산수유가 나를 반긴다

오늘은 오랜만에
묵은 때 씻는 날
해맑은 하늘 가
내 작은 행복이 핀다

티 없이 맑은 하늘
얼마만이냐
언제 또 오려나
임이시여 당신을 기다립니다

– 2020. 3. 11 파란 하늘이 나를 보듬다

산사(山寺)의 저녁 풍경

오는 사람 막지 않고
가는 사람 잡지 않는
거기 서 있는 산아
네 마음은 무엇으로 타고 있느냐

오늘 하루 해 또 어제처럼
마지막 여정(餘情)이 붉게 물들어 오면
어둠은 금세, 지척으로 다가와
산속 속내 하나 둘 사라지고
웅장한 형체만 우뚝 능선 타고 흐른다

표정 없는 바람이 곤한 잠에 빠지니
정적을 깨는 물소리
채워도 한이 없는 이 마음을
모두 두고 가라 한다

– 2004년 서울 글사랑 동인지 발표작

사랑방

별채 대청마루 옆 사랑방
초라한 모습으로 서 있다
황토 흙 벽채 틈새로
속살이 터져 나오고
빛바랜 신문벽지의 애절한 향수며
천정에 매달린 옥수수, 메주덩어리며
어릴 적 추억이 묻어난다

가을걷이가 끝나고
초가지붕에 새 이엉 입힐 즈음
첫 눈발 뿌리고
긴 겨울은 왔지
여물 쑤는 가마솥 아궁이
군고구마 익어가면
사랑방 아랫목은 뜨거워지고
이웃 사람들 모여들어
옛날 얘기 꽃피웠지

사랑방 한 구석
먼 옛날이야기에 취한 듯
멍석, 구럭, 망태가 졸고 있다

– 2004년 서울 글사랑 동인지 발표작

이 땅을 사랑하며

저 강줄기의 늠름한 모습을 보라
저 생동감 넘치는 산경(山景)의 멋을 보라
저 아름다운 해안선의 예술을 보라
이 모두 사랑스러움의 설렘이 아니던가

돌 하나 흙 한 줌 풀 한 포기 나무 한 그루
모여 빚는 물은 민족의 혼이 되어
저 야망에 불타는 강물이 되고

끊긴 듯 이어진 산줄기의 잔잔한 웅비
그건, 하늘 향한 힘찬 비상
태고의 침묵을 깨는 우렁찬 함성이어라

늘, 희망과 새로움이 밀려오는 동해
우리는 하얀 마음으로 꿈을 키우고
언제나 겸허한 자세로
박차고 솟아오르는 태양을 보듬고

여기,
자자손손 번영의 땅에서
우리의 꿈과 열정을 마음껏 태우리라
하늘 우러러 감사하며…

– 2004년 서울 글사랑 동인지 발표작

첫 사랑

안 보면,
설렘만큼이나
그리움으로 피어나고
보면,
그리워한 만큼이나
가슴이 설레입니다

안 보면,
상상의 나래 눈덩이 되어
단꿈에 젖지만
보면,
몸은 마음과는 달리 딴전을 피우고
가슴이 고동치고 얼굴이 달아오릅니다

안 보면,
사랑한다 말해야지
수도 없이 다짐해 보지만
보면,
사랑한다는 말 입속에서 맴 돌고
차마, 말 못하고 돌아서옵니다

– 2005년 서울 글사랑 동인지 발표작

야생화

선택된 행복보다
난,
버려둔 자유가 좋다
온실 속에서 다듬어진 웃음보다
난,
햇빛 속에서 그을린 웃음이 좋다

돌보는 사람 없이도
이슬은 내 몸에 맺히고
내가 누구인지 모르지만
벌, 나비는 찾아오더라

내 집은
늘 하늘이 훵하니 뚫려있어
별님, 달님이 들고
바람과 비도 새어든다

정원과 온실이 싫은 나
산과 들 어딘가
야생화로 피고 진다

– 2005년 서울 글사랑 동인지 발표작

늪지

늪지가 살아야 사람도 살 수 있다
숲이 허파라면
늪지는 신장 같은 것 아닐까

늪지에는
버린 찌꺼기 오수(汚水)가 모여들지만
진흙처럼 끈적이고 질척한 생명력이 있다

늪지는
어둡고 하잘 것 없이 보이지만
흑막 속에 진주가 감춰져 있다

그곳엔
부레옥잠* 같은 성직자가 있고
연꽃을 피우는 구도자가 있기에
새로운 모습으로 살아 숨 쉰다

건강한 늪지
찌든 때를 씻어주고
물을 걸러주기에
물고기, 갖은 생명이 모여든다

– 2005년 서울 글사랑 동인지 발표작
*부레옥잠: 물옥잠과에 속한 여러해살이 풀

소낙비

섬광이 번쩍 먹구름을 가르며
예고탄이 내리 꽂힌다
뒤질세라
하늘이 찢어질 듯한 우레
입질만큼이나 큰 월척을 후리니
손이 떨리며 심장이 두근거린다
그래, 하늘에서 전쟁이 터진 거야

가슴이 철렁하고 귀가 쫑긋 하는 순간
강풍에 실린 굵은 빗방울이
후드득 엇박자로 할퀴고 지나간다
잠시 후 양철지붕이 난타 당하고
귀청이 멍하니 등줄기에 한기가 흐른다

한 농부는 시름에 젖는다
논밭에 두고 온 자식놈들이
아무 탈이 없어야 될 텐데…
어느새 살을 뒤집는 황토물이
도랑마다 흥건히 고여 든다

– 2005년 서울 글사랑 동인지 발표작

봄이 오는 소리

시퍼런 바람이 이울져 사그라질 무렵이면 잔설 먹은 빗물이 질
척질척 굼실거려 오고 계곡의 빙폭(氷瀑)은 늦바람이 들어 비실
거린다 얼음장 밑 쭈르륵 쪼르륵 물길 트는 소리, 버들강아지
아린 꽃망울 탱글탱글 틔우고 햇빛 눕는 양지 켠 새싹이 꼼지
락거린다 맨살 트는 아픔을 안으로 삭이며 스멀스멀 서리꽃 지
우며 그리움더미 달고 오는 임, 응달에 걸린 묵은 때 씻어 헹구
어 걸어두니 새물내 풍기며 임은 꽃가마 타고 살금살금 오시나
보다

– 2006년 서울 글사랑 동인지 발표작

어느 봄날

냉이 된장국
달래 송송 썰어 넣은 햇간장
어느 날 아침 밥상처럼 봄이 오고
봄 맛 향기 그윽하게
푸른 하늘을 빼어다 박은 호수에
봄바람이 일렁여 휘젓고 간다

봄이 부르는 소리에 마중나간 들녘
파란 새싹의 숨결이 새록거리고
버들강아지 물오르는 소리에
목련, 개나리, 진달래 망울 탱글져
가지마다 꽃잎 여는 손길 바쁘다
봄은 솔솔 살금살금 오고 있는데
어디쯤 와 있는지 재어 볼 수 없다

– 2007년 아람문학 여름호 발표작

연꽃

체험하지 않으면
내 것이 아니고
입안에 넣지 않고는
맛을 알 수 없듯
땀을 흘리지 않으면
희열을 느낄 수 없다

외롭고 고독한
자신과의 싸움
썩는 냄새가 풀풀 풍겨도
좌절하거나 멈출 수 없는 고행
뒤엉킨 실타래를 걸머지고
물 밑은 어디인가로 떠밀려 간다

수면 위에 핀 연꽃
그건,
산고 끝에 물 밑을 삭혀 토해낸 시(詩)였다

- 2007년 아람문학 여름호 발표작

4부

밤톨 삼형제

꽃을 가만히 들여다보면
길(道)이 보인다
생각이 다르면 길도 다르듯
네가 있어 내가 있는 게다

붙잡아둘 수는 없는 걸까

길거리에 나뒹구는 사람
나뭇가지에 부지한 사람
가슴 아픈 술잔을 나누고 있다

붉은 잎사귀를 우려내 마시고
노란 은행잎을 잘근 씹어 본다

곱게 물든 이유는 알 것 같은데
떠나는 이유는 묻지 마라 한다

잎이 진 자리에 서리꽃이 피고
데쳐진 가슴을 열어 보이며 말한다

어제가 그립고 내일을 사랑한다면
잡지는 말아 달라고

텅 빈 겨울 목
잎사귀 하나라도 붙잡아둘 수는 없는 걸까

– 2007년 아람문학 가을호 발표작

우산

당신과 내가 한 우산을 이룬 것은 하늘이 준 큰 선물입니다 그 하늘에서 가랑비가 내리고 소낙비도 내리며 어느 때에는 진눈개비가 오고 여우비도 쏟아지고 천둥번개에 비바람도 친다 비록, 조그마하고 빈약하지만 온갖 비바람을 막아 준 우산, 흩뿌리고 새어드는 비바람에 속까지 촉촉이 젖어들 때에도 아무 말 없이 버티어 준 우산, 어느덧 녹슬고 빛바래 펴고 접는 일이 뻑뻑하고 삐그덕거리지만 우리 언제까지 한 우산 속 함께 걸어갈 수 있을까 아직, 가야할 길은 먼데…

– 2007년 아람문학 가을호 발표작

모래성

바람이 파도를 몰고 오는 바닷가
낱알을 고르고 잡티를 일어내는 일
일고 또 일고 일어도 끝이 없다

그 모래밭에
모래성을 쌓는 아이들
눈빛이 빛나고 해맑다

바람과 파도는 알까
저 낱알 하나하나 어디에서 왔는지
어떤 여정, 어디로 가는지

파도가 밀려오면 사라질 모래성
일고 일어도
물거품 물보라 일어 사라지고…

바람에 물결은 일고 일어
나 또한 여기 있네
지워질 발자국 남긴 채 또 무엇을 일고 있나

– 2010년 아람문학 여름호 발표작

마음 밭에서

마음 밭에
사랑을 심은 줄 알았는데
미움도 돋고
마음 밭에
기쁨을 심은 줄 알았더니
분노도 자라고
마음 밭에
즐거움을 심었다 했더니
슬픔도 싹트고
이런 게 모두
내 마음 밭
가꾸어 거둔 결과랍니다
가진 거라곤
마음 밭 하나뿐인데
마음 밭 가꾸는 게 게을러서
다스림이 서툴러서…
지난날들을 반추해 보며
마음을 닦고 다듬어봅니다

– 2010년 아람문학 가을호 발표작

나는 당신의 분신

(1)
나는 당신의 그림자요
나는 당신의 분신입니다

그런 당신의 눈물은 나의 슬픔이요
그런 당신의 고통은 나의 아픔입니다
그런 당신의 웃음은 나의 기쁨이지요

우리 이 세상 다하도록 저 세상 끝까지
나는 당신의 꿈을 먹고 사는 한 마리 작은 새
나는 당신의 사랑을 먹고사는 당신의 분신입니다

(2)
당신은 나의 하늘이요
당신은 나의 바다입니다

그런 나의 믿음은 당신의 행복이겠지요
그런 나의 소망은 당신의 바람이겠지요
그런 당신은 늘 나의 가슴속에 살지요

우리 이 세상 다 하도록 저 세상 끝까지
나는 당신의 하늘을 나는 한 마리 작은 새
나는 당신의 바다를 저어가는 하얀 돛단배입니다

– 2010년 아람문학 겨울호 발표작

꽃 속에 길이 있다

꽃을 가만히 들여다보면
길(道)이 보인다
생각이 다르면 길도 다르듯
네가 있어 내가 있는 게다

꽃은 꿀이 있고 꽃가루가 있으며
향기도 나고 아름답다
그건, 하늘이 준
너에 대한 사랑이요 배려인 게다
그게 곧
내가 사는 길(道)이기도 하다

생각이 같으면 길도 같다
네가 있어 내가 있듯
꽃에 벌, 나비가 날아든다
꽃 속에 길이 있다

- 2011년 아람문학 여름호 발표작

말(言)이 옷을 입다

말(言)이 옷을 입다

꽃을 달면 향기롭고
가시를 달면 찔리고
칼을 달면 베인다

가시에 찔리고
칼에 베인 상처는
아물면 그뿐인데

말에 찔리고
베인 상처는
무덤까지 가지고 간다

말이 꽃피면 즐거움도 핀다

- 2011년 아람문학 가을호 발표작

가을 초대장

"하늘은 벗어 파랗고 땅은 입어 울긋불긋" 아침 바람이 보낸
가을신문 헤드라인이다 배낭 하나 덜렁 메고 하늘 땅 입맞춤
하는 곳을 찾아 갔다 길 따라 보이는 것 마다 눈인사를 나눈다
이심전심 초대받은 사람들의 행렬, 끝이 없고 옷차림은 마치
산을 닮았다 뉘, 보고 싶은 절실함이 저리 한 마음일까 바람의
초대장, 보낸 사람은 없어도 만산이다 하늘과 땅의 만남, 함성
이 들린다 땀으로 얻은 만큼 앞서 간 바람은 알고 있으리 자고
일어나면 또 다른 바람이 불고 꿈을 키우리라 바람 스치고 지
나간 자리 잎처럼 나 또한 흠뻑 물들고 있다

– 2011년 아람문학 겨울호 발표작

능수버들 머리 감는 봄

시냇가 능수버들
바람에 한들한들
해맑은 볕에 머리를 감는다

연둣빛 샴푸 냄새
스멀스멀 풍겨 오고
임은 꿈에 부풀어 곱게 단장한다

목련망울
살며시 옷고름 풀면
민들레는 수줍어 방긋 웃는다

봄 볕 빗질하는 담장 아래
개나리 종종종 악보 달면
진달래 불타는 재 넘어
임 마중 간다

- 2013년 아람문학 여름호 발표작

바다의 언어

바람은 느낌을 불러오고
파도는 바람의 언어로 노래한다
눈빛 마주한 성산포에는

아주 먼 옛날
용암이 흘러 발목 적시던 곳
하얗게 부서지는 언어의 나래
사랑의 속삭임일까
삶의 처절한 아우성일까

아니
시간의 충돌 아픔이라 한다

바람에 이는 물결
갯바위에 부딪쳐 피는 물보라
그건, 푸른 바다의 혼불
수평선 저 너머에 숨어있는 이야기라네

용암이 흐른
검은 자국에 피는 포말의 꽃
속삭임인지 외침인지
카메라에 담고 가슴에 새긴다

갯바위에 앉아
몰려드는 경랑을 엮어
바다의 이야기를 쓴다
파도의 언어를 음미하며…

– 2019. 10. 17 성산포 아쿠아아렌아 해변에서

가을 풀 섶에서

고추잠자리
우듬지에 앉아 가을을 빨고

이슬 먹은 잎 알록달록 물들면
바람은 한 올 한 올 옷을 벗긴다

속내 드러내는 풀 섶
정 그리운 벌 찾아와 사랑을 더듬는다

마름질의 자서전 곱게 쓰는 풀 섶
쑥부쟁이 하얀 혼불 태우는데

풀기 삭아드는 빈집에
탱글탱글 찔레열매 심불 밝힌다

– 2013년 아람문학 겨울호 발표작

자국

가슴 한 켠
엎질러진 그리움 하나
하얀 가슴에 얼룩진다
흑백 사진 속 번진 자국
추억을 더듬는다
그 흔적 아직
끝나지 않았는데
꿈 많은 학창시절
그대 곁에 머물면
지워지지 않는 자국 하나
가슴 저미도록 묻어난다
하얀 교복에 엎질러진
파란 잉크물이 하얀 가슴에 번진다

- 2019. 6. 14 문득, 번진 자국

유월의 꽃 장미

벽, 담장 타고 핀 혼불
그 정열, 눈부시어라
나의 유월은 언제 이었던가
잊고 지난 세월이 그리워
임의 혼불 앞에 눈시울 적신다

이 땅의 하늘 아래 한껏
산화한 임이시어
오늘 아침 그 임이 오셨다

푸른 꿈 펼쳐다오
못다 한 내 몫까지
유월의 총성 아직
끝나지 않았는데
이 땅에 사는 나는 누구인지 묻는다

흑장미 한 송이 가슴에 품고
임을 보듬는다
하늘이 무너져도
임 그린 사랑
유월의 장미처럼 타 올라
이 강산을 덮으리

마음의 창 열고
다가선 임이시어
타다 남은 열정
임의 뜻 기려 바치오리다

− 2020. 6. 6 현충일 아침, 임에게

눈(雪)

하늘가 잿빛 놀 몰고 오면
참한 바람이 살며시 포옹을 하고
무거운 침묵에 빨려 가슴을 열면
임은 설렘 뿌리며 시나브로 왔다

물기 젖은 촉촉한 나목의 얼굴에
솜털 같은 입맞춤으로 눈꽃을 피우면
하얗게 시간이 멈추고 삶이 서 버린다

순백의 한 마당 축제에 취하면
형형색색의 허물을 벗고
여백에 작은 소망 하나 핀다
네가 없는 겨울, 머물고 싶지 않다

- 2006. 2. 20 눈이 오는 날의 추억여행

작가들의 대화

화가, 사진작가, 시인이 함께 작품여행을 떠났다 바람 따라 물
흐르는 대로 명소, 명품, 볼거리를 찾아서 쏠려 다녔다 시간 앞
에 선 자연, 풍물, 삶의 표정들을 자신의 그릇에 담았다 화가의
그림은 현상을 빼어 닮았고, 사진작가의 작품은 현상을 복사한
듯 옮겨 놓았다 헌데, 시인이 쓴 글은 고심한 흔적은 보이지만
형체가 없다 뵈는 아름다움, 경이로움 담지 못하는 재주에 시
인은 자괴감에 빠졌다 화가와 사진작가가 시인에게 물었다 현
상이 판에 박은 듯 하다 해서 그림이냐고 필름에 담는다 해서
다 사진이냐고 현상보다 내면에 숨어 절어 있는 마음을 찍어내
지 못하는 심정 얼마나 괴로운지 모른다고, 현상이 현실이라
면, 이상은 상상 속의 세상을 읽어내 그리고 박아내고 쓰는 것
아니냐고 서로 감싸 보듬으며 위로 한다

- 2012. 5. 15 추상화 속을 거닐며 건배

감나무에 피는 꽃

마당 켠 감나무 한 그루, 올 해엔 가지가 부러지도록 감이 주렁
주렁 달렸다 지나가는 사람마다 눈길이 머물고 시샘어린 말문
을 던진다 그러나 난 여러 모습으로 피어나는 감나무가 대견스
럽고 보기 좋을 뿐이다 지난 오월에 핀 꽃은 황금 종 닮은 꽃반
지, 유년의 꽃이고 가을이 깊어 갈 무렵 피운 꽃은 잎사귀 사이
수줍음 담아 핀 붉그스레한 꽃 이고, 늦가을 서릿발에 잎은 가
랑잎 되어 지고 가자마다 홍시꽃이 그렁그렁 알알이 핀다 이 겨
울 수채화 홍시꽃은 하나둘 손길 타 사라지고 우듬지에 몇 송이
까치밥 풍경이 겨울을 지킨다 난 때에 따라 감나무에 피는 꽃을
창가에 걸어 둘 수 있다는 게 보는 즐거움이요 행복이다

- 2008. 11. 15 창가 철따라 피는 감나무 꽃을 감상하며

단미의 구월

열매를 달고 오는 구월은
보는 것만으로도 배가 부르다
갈맷빛 잎사귀 품에 안겨
땡볕 빚은 젖을 먹고
통통하게 속살이 차오른다
풀벌레 소리 이슬 머금고
미리내 별빛 담아
보송보송 풋내 벗고
톡톡 터질 듯 여무는 단미*
감미로운 향기
다소곳 올찬 기품
푸근하고 넉넉한 너의 품에서
나 또한 달콤하게 익어가고 싶다

– 2006년 서울 글사랑 동인지 발표작

*단미: [우리말] 달콤한 여자 사랑스러운 여자

라일락 꽃

화려하거나
아름답거나
그렇다고
열정적이지도 않은 너
내가 너에게 빠진 것은
누구도 흉내 낼 수 없는
너 만의 체취 때문이리

사월의 화려함이 이울질 쯤
허전한 삶의 언저리에
숨어든 유혹의 손길
그건
연보랏빛 순정이 녹아든
임의 체취, 향기리라

그 향기
평생 품어도 좋으련만
보이지 않고 잡히지 않는
그대 지금처럼
향기로움으로 머물러다오

– 2006년 서울 글사랑 동인지 발표작

할머니의 외양간

할아버지가 돌아가신 뒤 할머니는 사랑채에서 혼자 기거 하
셨다 사랑채엔 입 큰 가마솥이 걸려 있고 바로 근처에 외양간
이 있다 할머니는 첫 닭이 우는 새벽이면 일어나 가마솥에 쇠
죽을 쑨다 가을 거지 끝날 무렵 구정물과 뜨물을 받아 겨, 콩
싸라기 콩 깍지를 버무려 쇠죽을 쑨다 이른 아침, 김이 모락모
락 나는 쇠죽 냄새가 구수하게 번진다 그때 큰 눈을 껌벅이고
침을 흘리며 하얀 숨결 내리쉬고 할머니를 물끄러미 쳐다본다
아직, 쟁기질 써레질은 서툴러도 우리 집 머슴처럼 일해 주는
소, 할머니의 정성이 담겨서인지 반지르르한 몸매에 떡 벌어진
어깨가 제법 큰 일꾼답다 소에겐 그해 겨울이 참 행복했을는지
모른다 새벽잠이 없는 할머니의 애틋한 정을 손자보다 더 받았
을 게다 새 봄이 올 때쯤 일이 생겼다 내가 상급 학교에 가려면
그 소를 팔아야 한다는 거다 우리 집 생활형편은 늘 그랬듯 애
꿎은 소만 팔려가게 되었다 할머니는 아무 말은 안했지만 손자
를 위해서는 그 소를 팔아야 될 거라고 여기면서도 못내 아쉬
움이 남아 있는지 그날 저녁 외양간을 뜨지 못하고 소의 목덜
미를 쓰다듬어 주었다

소 장수가 소를 끌고 가는 이른 봄 장날 아침, 할머니는 못내 아쉬운지 눈물을 글썽였다 소도 그 심정을 아는지 커다란 눈망울 껌벅이며 무슨 말인지 남기면서 외양간을 끌려 나갔다 연륜이 들어 소를 보면 할머니가 생각나고 그때마다 가슴이 저민다 난 지금도 어린애 같이 할머니를 그리며 눈시울 적신다

  — 2008. 12. 31 할머니가 그리운 날 손자 올림

해바라기 꽃

한 마음으로
목 빠진 흠모가
꽃으로 피어났다
사람들은 해바라기 꽃이라 부른다

어린이집 아이들이
해바라기 꽃을 그린다
함박웃음 잔치가 벌어졌다

태양을 닮아 밝은 걸까
가을 하늘 닮아 맑은 걸까
환하게 신바람 불어온다

함박웃음꽃
거실에 걸어 놓았더니
집안 가득 웃음꽃이 핀다

– 2007년 서울 글사랑 동인지 발표작

아버지

이 시대의 아버지란, 반추해 본다 두 어깨에 가족이란 짐을 지고 정작 본인은 돌아볼 겨를도 없이 앞만 보고 묵묵히 소처럼 일만하다 어느덧 세월의 뒤안길에 밀려 초라하고 쓸쓸한 존재가 아니던가 내 안에 잠자고 있는 아버지란 부모를 섬기고 자식을 잘 키우며 뿌리의 정체성을 유지하는 것 아닌가 주마등처럼 스쳐지나가는 아버지, 삼대 대가족 층층시하 뒷바라지에 숨막히는 삶이었으리 선택의 여지가 없는 그런 아버지, 한 평생 자신을 돌볼 겨를도 없이 살다 가신 아버지, 아버지이기 이전에 한 자연인이고 한 가정의 구성원인데 아버지가 자꾸 그리워지는 건 세월 탓만은 아니리라 아버지란 족쇄는 자유를 허락하지 않는 거룩한 이름, 그런 소중한 아버지가 점점 한 시대의 뒷전으로 사라지고 있다 아버지는 사라져도 그 빈자리는 크기만 한데 "아버지" 세상이 많이 변했지요 이 시대의 아버지는 할 일은 많고 두 어깨는 처져 있어 왠지, 쓸쓸하고 쓸쓸하기만 합니다 버려지는 것이 두려운 게 아니라 아버지란 짐을 내려놓지 못하는 게 서글플 뿐이다 살아 온 환경이 달라서 일까, 진정한 아버지는 사라지고 외롭고 고독한 아버지만 남는 게 아닌가 싶다 이 시대에 아버지란 놓아 버릴 것도 많지만 잃어버린 것도 많아 왠지, 서글프기만하다 하지만, 아버지는 늘 위대하기 때문에 소리 없이 사라질 뿐이다

- 2016. 5. 8 마음 밭의 아버지를 그리며

물의 나라

물은 늘 낮은 곳을 향하여 낮은 자세로 산다 밑바닥, 더 낮은
곳이 없는지 스스로 찾아 채우며 산다 그들은 바다란 큰 몸통
을 이루고 살지만 혹, 다른 곳에 있더라도 그들만의 정신과 꿈
을 지니고 산다 연못, 호수, 저수지가 있는가 하면 각종 그릇에
담겨도 좌절하거나 꿈을 잃지 않는다 누구도 그들의 정신과 뜻
을 꺾을 수는 없다 그들은 꿈을 이룰 때까지 바다를 향해 흐른
다 그 시류는 계곡물, 실개천도 있고 강물도 있다 때론, 벽에
부닥치면 차고 넘칠 기회를 기다린다 호수나 바다는 항상 평화
롭지는 않다 바람이 바꾸려 해도 물결만 일뿐 제자리로 돌아간
다 바다란 속은 높고 낮은 곳이 있지만 결국, 수평선을 이룬 하
나의 거대한 몸집인 게다 그들의 더 큰 꿈은 하늘로 오르는 일
이다 그들은 가장 낮은 자세가 승천할 수 있다는 굳은 믿음을
갖고 있다 늘 그 꿈은 이루어지고 바다와 하늘을 오가며 산다

- 2009. 3. 22 물의 도(道)를 찾아서

어느 가을 편지

을씨년스런 가을비
붉덩물 져 흐르고
은행잎은 노랗게
정곡을 물 드리운다

세월의 침묵인가
구년묵이처럼 떠밀려
여름 내 오른 산
이제, 내려오라 한다

어느덧
품 안의 아이들은
열구름처럼 떠나고
텅 빈 가슴에 드는 가을 편지
고은 단풍으로 잠들라 한다

- 2010. 10. 10 내 마음에 붉덩물 지던 날

코스모스 2

하늘 깊숙한 곳에
숨겨둔 그리움
겉치레 옷 벗자
쪽빛 알몸이 된다

그동안 뿌린
그리움의 씨앗
희고, 붉고, 연분홍으로 물든다

어디론가
떠나고 싶은 계절
네 소박하고 청순한 미소가
날 오라 하는구나

누군가
사랑하고 싶은 계절
다소곳 가냘픈 끌림
당신 모습 때문일 거야

누구인가
품에 안기고 싶은 가을
부드럽고 포근한
네 야들한 심성 때문일 거야

– 2011. 9. 10 코스모스 손짓하는 길목 찻집에서

시월의 마지막 밤

아쉬운 임 보내드려야 하는 밤입니다
붉게 물들은 정이 농익어 삭는 밤입니다
애잔한 바람결이 가슴에 파문 지는 밤입니다

가을 저민 빛깔이 시려오는 밤이면
질긴 연의 고리를 하나씩 끊어 내며
주옥같은 글을 갈잎에 새겨 보내드립니다

바람은 처음의 설렘처럼 마음을 흔들고
다 주어 이제, 더 줄 것 없는 들녘 저편에
남은 햇살로 묵은 정 보듬는 체취가 향기롭습니다

그리 마음 비우고 훌훌 떠날 줄 알았다면
아픔 같은 미련은 가슴에 두지 않았을 것을
낙엽의 사연이 온몸에 물든 임이여

그리움이 승화되어 피는 코스모스처럼
하늘 향한 목 빠진 기다림이 창가에 서성여
쉬 보내드리지 못하는 애틋한 밤입니다

사랑을 나누어 주고 봄을 기다리는 나목처럼
이 밤이 시월의 마지막 밤이 될지라도
나에겐 그대 있어 무르익는 가을처럼 아름다운 밤입니다

– 2010년 아람문학 겨울호 발표작

마음

바람에 나뭇잎이 살랑거림은
사랑인지 미움인지
당신의 마음입니다

아침 햇살에 이슬이 사라짐은
기쁨일까 슬픔일까
당신의 마음입니다

구름에 떠가는 달님이
초승달, 보름달, 그믐달이던
당신 안의 달은 당신의 마음입니다

그러하지만
준비하고 준비된 자의 마음은
늘 당신의 몫입니다

− 2011. 9. 14 마음 하나 달랑 달고 왔네

가을나무 이야기

뿌리가 말하기를
근본은 뿌리에 있지
뿌리 없이 잎이 존재할 수 있을까
잎이 말하기를
잎이 없이 뿌리가 살 수 있을까
갈 깊어진 어느 날
잎은 떨어지고 뿌리만 남는다
칼바람 불어오면 어쩌지
지금껏
잎이 준 사랑 헛되지 않았다면
너를 쏙 빼 닮은 잎을 다시 피우리라
다시 태어나도 숙명처럼
난 너에게 또 모든 것을 주리라
주어지는 푸름이
사위어들어 낙엽처럼 진다할지라도…

– 2009. 11. 1 행복나무의 대화 속에서

나리꽃

엊그제
등산길에서 우연히 만난 너
갈참나무 그늘아래 땡볕 비켜
낯 살짝 가리고 다소곳 미소 짓고 있네
언젠가
호박잎 축 늘어진 한 여름
구새 먹은 담장 아래, 눈 마주친 적 있지
이름도 성도 몰랐던 너
오늘에서야 내 마음에 꽂히다니
궁금하여 족보를 캐보니
식물계, 백합과의 손이더라
너의 가문 중엔
참나리, 솔나리, 날개하늘나리도 있지만
너의 핏속엔 분명
백합의 순결하고 매혹적인 흔적을 볼 수 있다
그는 요즈음
한껏 푸름에 젖어 자애의 명상에 들고
옆에 누가 있든 없던 마음 비운 채
바람처럼 들고 물처럼 유유자적하더라

– 2009. 7. 15 어느 여름 산에서 만난 임

밤톨 삼형제

황금물결 넉넉함이 휘어 감겨오고
옷깃 파고드는 바람 상쾌한 아침
담장 넘어 대 이은 밤나무 한 그루
살가운 갈 볕에 가시 주머니 쩍 벌리고
보란 듯 일광욕을 즐기는 밤톨 삼형제
보는 이 군침 흘리며 점찍어 심중에 둔다

땡볕에 그을리고 이슬 머금고 속이 차
푸르뎅뎅한 풋내 벗고 알찬 맛 들어
선들바람에 갓 향기 그윽하게 풍기는
밤톨 삼형제
이 세상에 우뚝 설 날만 기다린다

옆집 외톨이 둥글둥글 비만이고
윗집 두톨박이 중심이 비어 불만이고
밤톨 삼형제 개성이 올찬 게
구새 먹은 가문, 허리 펴고 빛나겠네

– 2007. 9. 25 밤톨 삼형제, 가문을 빛내리라

내 삶의 결 무늬

김정우 지음

발 행 처 · 도서출판 청어
발 행 인 · 이영철
영　　업 · 이동호
홍　　보 · 천성래
기　　획 · 남기환
편　　집 · 방세화
디 자 인 · 이수빈 | 김영은
제작이사 · 공병한
인　　쇄 · 두리터

등　　록 · 1999년 5월 3일
(제1999-000063호)

1판 1쇄 발행 · 2020년 8월 20일

주소 · 서울특별시 서초구 남부순환로 364길 8-15 동일빌딩 2층
대표전화 · 02-586-0477
팩시밀리 · 0303-0942-0478

홈페이지 · www.chungeobook.com
E-mail · ppi20@hanmail.net
ISBN · 979-11-5860-877-4(03810)

이 도서의 국립중앙도서관 출판시도서목록(CIP)은 서지정보유통지원시스템 홈페이지
(http://seoji.nl.go.kr)와 국가자료공동목록시스템(http://www.nl.go.kr/kolisnet)
에서 이용하실 수 있습니다.(CIP제어번호: CIP2020032737)